歌集

王の夢

藤野早苗

本阿弥書店

歌集　王の夢　目次

Ⅰ

装幀　小川邦恵

歌集

王の夢

藤野早苗

I

湯気しづか

たましひがうすく剝がれてゆくやうな二月むらさきいろのゆふぐれ

湯気しづかますぐに立てりみんなみに名残雪降るきさらぎの昼

くろもじに運べば舌に溶けゆけるあああはゆきは春の季語なり

「タンポポはあたたかいね」五歳児の金貨こぼるるやうな言の葉

縁側に置かれほつかり陽を浴ぶる家霊のごときジャノメのミシン

わが窓に入りしも縁死に近きメジロの嘴を水にしめらす

明日はもう忘るるだらう萌黄野にメジロ葬るも一些事として

カタツムリ子に呼ばるれば何となく寡黙な感じのする蝸牛

合歓の花夏のはじめをさやげるを眠剤としてわれは眠りぬ

平和町在住者わが頭上ゆく空母のやうな八月の雲

日にち薬

朝顔のタネから向日葵咲くやうな　主婦をめぐりしのちの噂は

片手弾きやうやく成りし子に添ふる夫の左手和音を奏づ

虫さされ掻きむしりつつ眠る子よ快楽ののちの痛みを知らず

四十代じつくり生きよと骨折りしわれは賜る日にち薬を

みどりごとストレッチャーのすれ違ふ生老病死濃き身のめぐり

われは人の手人はわが足となり互助うつくしき整形《せいけい》外科病棟

あかときの眼裏にきて離れざるぬばたま深きルオーの眼

小鳥その一

襟元の詰るベロアの黒き服着すればしづかけふ冬少女

はばたけよおまへの空を　ビデオには「小鳥その一」この子が飛べり

北風を孕みカイトは上りゆく天涯といふさみしき界へ

みんなみに雪降り止まぬ昼下がり繭を紡ぎて子と眠りたし

外は雪赤い毛糸で子の指に小さき春の流れをつくる

子狐を町に行かせる母狐そんな勇気はわたしにはない

にんげんはいいものかしら　母狐問ふ声のせり雪積む夜半に

バルビゾン派

咲き急ぐごとく葉のなき春の花　うめ、はなすはう、れんげう、さくら

麦の秋村の娘がはつなつの暦の中に落ち穂をひろふ

晩鐘のごときチャイムが響りわたりバルビゾン派のゆふぐれが来ぬ

きのふよりけふへ降り継ぎ鉛筆がぼわんと太る菜種梅雨かな

若くなくとはいへ老いてもゐぬわれがくちなはのごと脱ぐレオタード

嘔吐下痢下痢下痢嘔吐　果てしなく濁りし水を吐くうつそみは

晩春の風吹き過ぐる道の辺にこくりこくりこ罌粟は眠れり

これの世に生れしよろこびさやさやと孟宗竹は語りてやまず

まなざしを高く掲げて鞦韆を五月の空へ子は漕ぎ出だす

ぺりぺりと時間に剝されゆくやうにひとりふたりと子ら帰りゆく

木綿子

トイザらス中央付近の棚に満つ何百体ものみんなリカちゃん

うつくしき声に囀るあの鳥は　ああ四十雀さう四十から

さみどりの球花徐々に色づきて夏への時を刻む紫陽花

水くぐり色鮮らしき木綿の衣梅雨晴れの空高きに干せり

雨の夜を寝につき雨の朝に起きけじめなきかな梅雨の日頃は

ありなしの風に風鈴鳴り出でてたれそ問ひ来し気配はつかす

ぎうにうは牛の乳にてひとの仔のわれは飲まぬと子は言ひ放つ

梅雨雲がずんと重たき朝かな僧帽筋のあたりが凝る

濡れ髪のまま野に放つ夏の午後洗ひ晒しのこの子木綿《もめん》子

晩夏のゆふべはさびし子を抱けば髪に残れる日向のにほひ

われの手に子が手を絡めくるゆふべ言葉にできぬさびしさもある

天平の晶しき空をうつしたるキトラ古墳にある星宿図

虹を巻く

あきづゆの薄暗がりに思ひ出づビオフェルミンのほの甘さなど

「皇帝」の着メロ響りてメールには夫が今宵の主菜を問へり

街棲みのさみしき人ら依らしめてコンビニの灯は白き誘蛾灯

清冷の候なりけふのあきつしま備前の皿にくさびらを盛る

具象より抽象へゆく階段が鏡の中にある午前二時

先駆けて来たる一羽の鶫のこと「偵察隊長」をさなが名付く

子の背にラ、ラ、ラ真つ赤なランドセル背負はせてみれば後ろへ傾ぐ

虹を巻くあたたかさうな鳥といふ街の鴿《どばと》を見てゐし吾子が

筒井筒

春愁は暮れ方に来て子の復習ふ「夕べの星」にフラットふたつ

たまきはるいのちのさまは雑の部にあぢはひ深く花、やまとうた

地を蹴りし足春空に弧を描き四十二歳の逆上がり成る

繚乱のさくらさくらよふかき喩のごとしも華と畢の似るは

隣席のばばだいすけくんよろしくね　ばんさらさですはにかみやです

筒井筒をさなき恋は手つなぎて後部座席に眠りてゐたり

鱗茎の厚みゆたかなはつなつの玉葱切れば乳こぼしたり

おほいなる夢釣るごとく子どもらはザリガニ池に糸垂らしをり

手に余る仕事に倦めば六歳がかあさんにならできるよと言ふ

ランドセル背に上り坂帰り来る子はシシュフォスの眼差をして

何気なくさらりといはれし一言がざらりと胸に残るゆふぐれ

夜の卓に消しゴムかすの散りばふは若紫の手習ひののち

馬具優美

風と呼び光芒と呼びあまたなる王朝凍土に蔵すアルタイ

アルタイはアジアの真珠その沃土めぐり興亡恒無かりけむ

天翔る鹿の文身鮮やかなミイラとなりしスキタイ戦士

生活の用具簡素に馬具優美騎馬民族のパジリク文化

アルタイの風に揺られし揺籃ははるけきいのちの連鎖を語る

アルタイの至宝展見しのちしばし時空漂ふ鳥となりたり

うりこひめ

葦原のみどりに黄いろひらめかせ夏の朝をキセキレイ飛ぶ

しむしむと梅雨湿りする方丈に昔話を子は読み継げり

うりこひめ読む七歳のぼんのくぼこの子に破瓜のまだとほくあれ

真桑瓜流れゆくがに午後三時黄色い帽子の子ら帰りゆく

雨傘の先でつつかば土砂降りになるべし今日の低き梅雨空

あまつさへ膾で喰はるる行く末も用意されたる瓜姫あはれ

水無月の闇に眠れるうりこひめ蛹のやうな青蚊帳のなか

ドアストッパー

不運また不運連れ来るごとき日の胸に走らす塞翁が馬

男らの憂国論は聞き流す鮪のサクを切り分けながら

あなたにはわからぬだらうサルトルをドアストッパーにするひとだから

憎まるることも愛さと嘯きて棘に力のある薔薇を選る

夕立の過ぎし舗道に光りゐる虹の種なる七色ボタン

人間のこころ分からぬ夜半に落つ金輪際といふ地の暗み

俯きて山路をゆけば眼差を上げよと肩を打つ全手葉椎

もみぢせる木々絢爛の秋の野を金野と詠めり万葉人は

袋小路

手術後の十年息をひそめゐし父の死の芽がふたたび萌す

もの言はぬ臓器がものを言ひはじめ浮腫著きかな父の手の甲

６Ｂの鉛筆使ふ感触に話せり脳症患ふ父と

病む父を看取れる母の疲労濃き袋小路に大寒が来る

脳症の進みてをるか眼裏の熱きをしきり父は訴ふ

食欲の日々衰ふる病室の父の義歯を真水に濯ぐ

蘇州より帰らむ兄を待つのみに意識なき身はいのちを繋ぐ

鎌の月皓たり暗き眠りより覚めざる父の額を照らして

昏睡の父の指先足の先ひたに擦れど冷えまさりゆく

体温の失はれゆくうつそみの肩小さく揺れ終の息せり

宜候

持ち重り時流に合はぬ一徹はかふもりがさのやうなる父よ

清拭の終はりし父に美丈夫とかつて言はれし面差かへる

オリオンの三つ星澄みてああ父よあなたの上る天の道冴ゆ

転生をことほぐならむ入寂の時をきよらに雪降りはじむ

ああ散華散華散華ぞ父逝きし夜半をはてなく雪風巻《しま》くなり

ふたたびを父は覚めえぬ不可思議にうすくひらたく夜が横たはる

滑るがに岸を離るる舟ならむ炉に入りゆける父の柩は

上りゆく煙細れば彼岸へと宜候渡り終へたるころか

点鬼簿

点鬼簿にいま薄墨の名を記すあたらしき世に生れし父の
残されし者らに生身あるなればおでんの大き鍋を火に掛く

父をらぬこの世すなはち異界めき橋の向うも彼岸と思ふ

はぐれ凧はぐれはぐれて夕空の点となるまで星となるまで

みなごろしいやはんごろし女らの手になる牡丹餅その米のこと

舞ひ上がり降り来る花は天涯の父とわれとの往復書簡

ひそやかに染井よし乃が来てすはる骨董店の軒先の椅子

満開は真名手に桜散りぎはのいまを仮名手のさくらよさくら

羊駝と駱駝

止血用ティィッシュを差して片牙の手負ひの猪のやうなりわが子

怪我のわけ糺せど言はぬ子には子の仁義あるべし信義あるべし

画用紙の中なる春を子の描きし羊駝《ラマ》と駱駝がぽくぽく歩く

詰草の冠のせて風中に子は蛮族の王女のごとし

父に似た猫背の人とすれ違ふ桔梗色のゆふぐれの街

おほははが盛りし明治の清め塩藍のお手塩皿《てしょ》にいまわれも盛る

母われが過干渉《いぢくり》すぎてああどこか傷みをらむか水蜜桃《すいみつ》少女

「身篭る」を「身罷る」と読みちがへたる朝や無窮花《ムグンファ》幾百ひらく

喩にあらぬ糟糠の妻わたくしはけふも胡瓜を糠に沈めぬ
ただ過ぎに過ぎゆくものの綺羅にして梅酢の深緋焼酎の黄金

秋のころ

ひむがしの空ひらけゆき夜の終り朝のはじめに新聞届く

下腹のあたりにずんと溜まりたる働かざりし一日の疲れ

白髪を染めぬ決心せしわれに戦線離脱といふ秋のころ

破れ庭の土に蠢く台風の残しゆきたる片羽の揚羽蝶《あげは》

執着にもつともとほく紅萩はありなしの風吹けば零れぬ

みづからをまた身めぐりを傷つけてああわたくしのことばは抜身

傷あればゐくぼのごとしあたたかく夜の卓にあるふるさとの柿

冬の夜をうすく切りたり若き日のひもじさに似る濫觴の月

穂芒のぎんのひかりをそよがせて筑紫次郎を渡る秋風

散り敷ける落葉踏みゆくよろこびにけふあたらしき靴おろすべし

流水にレバーを晒すゆふぐれの厨のにほひ廃墟のにほひ

結石

脇腹をふいに襲へる激痛に「たぶん石だ」と夫呻く夜半

陣痛のごとき痛みを伴ひて夫の尿路を石下るらし

痛みなき凪の時間も襲ひ来む次の痛みに夫怯えをり

とりあへず溶かすほかなき石三つ尿路にもちて夫出勤す

結石はストレスなりとふ謂ひあれば薄く笑ひてわれを見る夫

弓手馬手

春便りつぼみのやうにふくらんだ越前和紙の封書が届く

熱引きし身をあづけたる窓辺より神話のやうな朝焼けを見つ

弓手馬手馬手また弓手せはしなく朝の化粧にわが手は動く

梅ヶ枝にうぐひす締めは桜餅春闌けゆくをいざ賞味せむ

さくら餅食みつつ思ふ幸ひは四季ある国に子を産みしこと

人住まぬ家に咲きたる牡丹の緋の豪奢なり白凜乎たり

腹筋《ふっきん》運動を終へて見上げるはつなつの空底なしの力満ちたり

Ⅱ

生絹の風

ラッシュ時の電車に乗れば光塩に混じれる砂のやうなわたくし

刃のごとき折目のズボン行き交へる午前十時の証券街は

この街は戦場だから　をみならは剣闘士《グラディエーター》用サンダルを履く

人疲れ濃きゆふぐれの胸に沁むリュートの箇やチェンバロの浄

あたらしき画布のやうなる顔をして子は目覚めたり八月の朝

子を連れて来しがしばらく子を忘れ四肢ゆるやかにプールにほどく

瞑りしは刹那はた劫　ゆたゆたと時を呑みたる練絹の海

あたらしき汝を生きよとうぶすなの朝を生れたり生絹の風は

水底に眠るすだまを覚ますごと液晶画面に歌稿呼び出す

両の手に余る量感山霧の濃きが育てしピオーネ届く

白飯を結ぶこころはたなごころ瑞穂の国のをみなのこころ

「アンネへ」

訊かざるは訊くより難し　夕餉にはヱビス南瓜をほつくり煮上ぐ

今日折れしこころ癒えよとをみなごの薄き背中を湯に洗ひたり

息詰めて『アンネの日記』読みゐしが太き息せり読み終ふるらし

アンネの死問ふ子は理解あたはざりユダヤ人ゆゑ殺されしこと

悲しみをとほく過ぎたる瞋りもてアンネを語る身をわななかす

思ひみよ　✡《ダビデのほし》　を蹴散らせる　卍《ハーケンクロイツ》　卍《ハーケンクロイツ》　……

「アンネへ」と届かぬ手紙したためて子は眠りたりさむきさむき夜

騙し絵

鈍色の雲の鎖したるみそらより重心ひくく降る春の雪

春風は男神なるべしめあひたるのちを色づくさくらの蕾

頭重なる五月の朝は二次元の騙し絵《トロンプルイユ》に住むここちせり

半跏趺坐するにあらねど朝な朝な座る便座に思惟すわれは

益荒男を掌に転がしてマスカラを重ぬる天眼力女《あめのめぢからめ》らは

薄玻璃をあなうらに踏む音のして「く」の字にフリーズしたるわが腰

痛めたる腰を庇ひて寝返りを打ちし瞬間背を痛めたり

わが病めば挙動あやしき夫と子がかはるがはるに臥床をのぞく

天心の力おとろへ夕つ方ものを思へと裾濃に暮るる

失せものを捜して暮るる今日一日また残生を無駄遣ひせり

迷走台風

わたくしが棒人間のやうに立つ子が描きたる雨の絵の中

灰色の王の住むべししろがねの雨を吐きたる梅雨雲のうへ

みんなみの暑さに心を病む姑が夕されば長き電話かけくる

姑からの電話途切れず濯ぎ物しとどに濡らし夕立の降る

十歳はふいに噤みぬさみどりの棘のやうなる思春期前期

「かあさんとわたしは違う」十歳がいま臍帯を断つごとく言ふ

さびしみてわれは見るのみまつろはぬ者の眼にわれを見る子を

結論は出さずにおかう列島に迷走台風近づける昼

午睡より覚めし眼に見るおしまひが始まるやうな今日の夕焼け

中世の秋

たてがきのこころに歩むぎんいろの光あそべる刈萱の道

ああわれの何かを窄め裾細きデニムパンツに脚とほしゆく

ひつたりと身に添へるかな川魚の鱗のやうに思秋期鬱は

消炭色《チャコール》の服裾長くくさびらと雉を煮をれば中世の秋

アフガンの地中に眠る瑠璃《ラピス》より生れし青なりウルトラマリン

ダ・ヴィンチのピエタの聖母キリストをウルトラマリンの衣に抱く

エトランゼ

モジリアニ、アンリ・ルソーの描法の見え隠れして模索期フヂタ

嗣治の絵のリアリティ濃くしたる裸婦の向うにわれを見る猫

屈まれるフヂタの裸婦像やはらかく肉の余剰を下腹にたたむ

創造の秘密終生明かさざる錬金術師のやうなるフヂタ

磁器質の照りうつくしきマチエール神がフヂタに与へたる白

異邦人《エトランゼ》嗣治いいえレオナール　彼を受け入れざりしはJapone

抒情筋

街川を海が呑み込むひとところ汽水に鯔の光るはつなつ

ウィルスのスキャン佳境に入りぬべし丑の三つをパソコン唸る

はつなつの魚屋たのしラグビーのボールのやうな鰹が並ぶ

わが脳のいづくにかある抒情筋歌を詠まざる日々に衰ふ

周到にだがさりげなく夏草に混じり芒の禾立ち初むる

上げ潮に決壊近き街川が芥もろとも遡りゆく

なつかしき街川けふは暴れ川車を家を浸して流る

濁流が削ぎ尽したる葦原に聖のごとく五位鷺の立つ

常少女

前線にぐいと差し入る湿舌の蹂躙熄むことなき蜻蛉島

鹹き汗かきつつ見舞ふ口三つもてる病に倒れしははを

血尿が便器を染めし暁闇をいかにこころの冷えしかははよ

うつくしき人差指をひらめかせははの余命を医師は告知す

身じろがず午前一時の闇にゐるさみしきときは哭くとふ守宮

月光のあをき鱗粉麻酔より覚めざるははの瞼に積もる

死ぬまでは生きねばならぬ　襤褸なる身にたまきはるいのち輝く

「安らかな一期のために」たらちねに今抗癌剤治療はじまる

酔芙蓉名残の花の地に昏き長月四日ははが逝きたり

あつけなきははの死因は「敗血症」経過一日と記すカルテは

常少女ははに添はするココ・シャネル№5ではなく№19を

花月院松風妙音大姉なる天の童子となりたり姑は

子育ては砂金探しに似てゐるとやさしき声に諭したまひき

姑と呼ぶがふさはぬひとなれば草の仮名もてははと書くべし

パラレルな世界で生きてゐるやうで「永眠」よりも「他界」と記す

なまへは早苗

湯の中に蒟蒻狂ふほど煮つつ画面に見をり三歳の死を

育児放棄《ネグレクト》炎暑の部屋に二人子を死なしめし母のなまへは早苗

外出のまへにお襁褓は替へました四月頃です　六月に言ふ

殺したしされど殺されたくなしと自が子を詠みき辰巳泰子は

ころしたい時もあるさと言ひくるる人のありせば　殺さざりけむ

よき母であらねばねばの蜘蛛の糸からめ捕られて巻き締められて

尊属殺、幼女殺傷手遅れのやうに日本の秋深みゆく

十月の夜のわたしは風媒花モクセイの子を身籠らむとす

ニュートン算

研ぐごとく鉛筆削る模擬テスト出陣前の朝の少女は

励むべし事を成すべし遂ぐるべし　言葉の鞭を子に振り下ろす

祈るよりなきはせつなく両の手に塩して夜食の白飯握る

拒まれし愛のかたちは夜の卓にラップのままのおむすび三つ

いちねんが瞬くやうに過ぎてゆくわれの眼窩をまた窪ませて

ユリカモメ飛来の早きこの冬よ中学受験の子に長き冬

ニュートン算解法途中の字列より入眠間際の一字がこぼる

青白く放電しをる思春期の背中に声かく　ごはんにしよう

箸止めて小さき息つくわが少女言はねばわれももう訊かぬなり

裡ふかく蔵へるは何セーターを着てなほ薄き十二の胸に

骨折しこころ折れたるたらちねの滅多に言はぬ愚痴聞きてやる

骨折りし母を囲みて叔父叔母の集ふ師走のうぶすなぞ良き

忠弥坂

等圧線あまた飛び越え東京は白梅にほふ一月二十日

忠弥坂爪先上がりの男坂受験願書を携へのぼる

出願を終へたるのちのしづごころ白山通りを神保町へ

行間を読めと言はれて「行間は白いばかり」と理系少女は

食ひしばり最終大問解ける子は博多女の土性骨見す

立春のひかりの中に山椒の棘くれなゐを帯びて艶めく

プランターにまづあらくさの萌え出でぬ春本編の序章のやうに

先駆けてベランダに咲く一輪はあはき黄色の薔薇シャルロット

子の恋を聞きたる春の夜の空に輪郭あはき三日の月出づ

斉唱の君が代のなかひとすぢのわが子の声を耳は拾へり

十三歳はひとりで育つた顔をして　制服のタイ結べぬくせに

病み伏して外出かなはぬ子は凝視む魚眼レンズにふくらむ春を

レベル7

中東の政変見守る三・一一画面に走る地震速報

立ち上がる波が一気に崩れきてわだつみは黒きはらわたを見す

薄暗きテレビ画面は伝へをり被災地に降る三月の雨

大地震ののちの眠りに蛇のごとしのび来たらむつめたき余震

新月は黄泉の昏さよ闇を抱き闇とまぐはふ卯月のさくら

寒からむ冷たからむよわだつみに水漬く人らも生き継ぐ人も

舐め尽し喰らひ尽せる黒き舌つねしづかなるわだつみの舌

あまたなる贄を浚へり千年の巡りに狂ふわだつみの神

思ふべし大和島根はそのかみに講ありし国結ありし国

無尽数の祈りのごとし掌を合はすかたちに白木蓮蕾む

さまよへる牛が草食むレベル7戒厳令下のフクシマの春

アラビアータ

外電にうすく記さるビン・ラディン死して水葬されし経緯の
アラビア海永遠に漂ふたましひは虐殺者にして殉教のひと

誤ちて嚙む唐辛子スパゲッティアラビアータは怒りの辛さ

遣り場なき母性突然暴走しペットショップに猫を購ふ

午睡より覚めし子猫の小さき背を天の指がくいと引き上ぐ

「放《ま》りかぶる」「しかぶる」ゆかしき博多弁砂に屈まり猫がするなり

凹凸に綿棒添はせ進みゆく猫の外耳の薄くらがりを

祈りの花

六月の薄暮に紛るる子の行方ブラスバンドの練習最中

謂れなき無視とあざけり極まりて六月とある日子は壊れたり

十薬が祈りの花を掲げをり子が蹲る亡き姑の家

涙痕に汚れし頬に子は眠る子宮のごとき水無月の闇

海賊王子

常夜灯照らすひかりの外縁に息の緒ほそく猫横たはる

死に近き子猫のめぐりわらわらと地より湧き出づクロヤマアリは

尽きるべき命にあらず埋み火を熾す思ひに子猫を擦る

生きるためふかく眠れる猫ならむ右前肢に点滴受けて

たまきはる命に換へて左眼の光を献ず猫神さまに

長毛種胡渡り顔の隻眼を海賊王子ニコラと名付く

撫でさせてやる食べてやるじやれてやる　猫はいつでも上から目線

クニの跡

古の奴国の遺跡蔵したる土の上に立つ夫の生家

解約をせざれば二年生きてゐし鬼籍の姑のメールアドレス

三回忌終へて墓前に報告す姑丹精の家を売ること

半島の文化根付きしクニの跡最寄りの停留所は「御陵」なり

デラシネとなりしさびしさ言はざれど　更地に長く夫は立ちをり

姑の家売りてローンを完済すこれより長き冬に入る日に

かじかめる足に踏みゆく地表には冬至の影がすこやかに伸ぶ

本成り

上背のまさる男子に殴られてそれでも引かぬ屈せぬわが子

躊躇はず弱きを殴る少年も平成日本の産物にして

拳もて女子を殴りし卑劣さを糺せば「男女同権」と言ふ

謝罪せぬ加害者のまへ今われは生成り半成りつひに本成り

怒りもて目覚めし朝むくむくと積乱雲のごと身を起こす

王の夢

ふた月を染めぬ頭は強霜の曠野のごとし　楽章は冬

円墳のごとき十三歳の胸古代の王の夢眠らしむ

歳の夜の明くれば五十もう一度夢見ることを夢見るわれは

空に向く猫の肉球ぷにぷにと押せばそこより春立つごとし

ひろげたる朝刊の上ためらはず来て存分に猫は身を伸す

蒼穹の「穹」弓なりのそら高く力漲る如月十日

直伝の甘き散鮨饗したりくわんおんびらきの裡なるははに

涅槃西風吹けば果てなく歩けさう野蒜つんつん天を指す道

Ⅲ

ロキソニン

背戸山の桜ひらけるけふ卯月朔日母の傘寿ことほぐ

門口に立つたらちねがとこしへにバックミラーの中に手を振る

貼り替へし障子に青葉照り映えて子の鬱深き五月近づく

自らを鼓舞し鼓舞してしかしけふ発条切れし子は立ち尽す

春愁にしづめばあはれ手羽先はおのが脂に身を焦がしたり

地中より悲鳴上げつつ抜かれけむマンドラゴラのやうな人参

自らを守らむとして子は重ぬ鼬のやうな嘘をいくつも

おそろしきまで凝りたる背筋を宥めむとして飲むロキソニン

千年の樟の木下に風通ひ眉目ひろやかにありたしけふは

姑獲鳥

みつみつと裡に漲る水あればこの子の頰に真珠のひかり

しき鳴けるあれは姑獲鳥《うぶめ》か水無月の深き夜闇の底の底より

幸運の前髪未練の後ろ髪靡かせ若夏比売ら街ゆく

水辺の尖り葉に咲く濃むらさきわがうつそみの虹彩《アイリス》ひらく

サイカドウ大飯原発再稼働あの凶つ火のふたたび点る

火屋に火を点せるごとく三号機再稼働せり七月五日

わだつみに猟虎のごときあきつしま不穏なる火をひとつ抱きて

飲食の昏さを思ふ烏賊の内臓ぞつくり指に引き出だすとき

わがナショナリズム（二〇一二　ロンドン）

号砲の後の加速は規格外天翔ぶウサイン・（サンダー）ボルト

G難度の降り技決めし内村《うちむら》航平に沸騰すわがナショナリズムは

鉄棒を噛んでごらんよ血の味がするよといふは必ず男子

五輪見て明くる朝のかほばなや快哉快哉紫紺かがやく

ミチシバ結ぶ

うぶすなにセブンイレブンできまして檜扇の実の夜の失せにけり

歩いても歩いても人に出会はざる野狐町馳筋一丁目

かはたれの辻はおそろしうつしよの復路の標にミチシバ結ぶ

新仏ある家々を訪へる母のうつそみさやさやさやぐ

雁首を揃へ並べる大根がおでんを煮よといふ秋の暮れ

母である脆さ危ふさあの頃のワタシがゐるよ　『トリサンナイタ』

バイタルサイン

たとふればステルス戦闘機のごとき浸潤性肝癌おとうとは病む

延命にあらず根治を願ひけむ放射線治療選びしおとうと

眠れざる脳の生める白日夢黒衣の聖歌隊過ぎるとふ

「ふたつめの橋を渡ってくればいい　親父がさっき教えてくれた」

ふたひらの耳生きてをりうつそみの生命徴候《バイタルサイン》消えたるのちも

汝が子の名を耳元に呼びやればバイタルサインはつかに点る

枕辺に声上げて泣く十五歳長きからだを二つに折りて

つくづくと父子なりけり後姿のうなじの産毛暴るるところ

内視鏡室のベッドに事切るる茫然憮然無念の貌に

おとうとの命終午前八時半天照らす神無月九日

お祭りが大好きだつたおとうとの遺影を飾る花グロリオサ

骨壺をはみ出す君の太き骨壮年の骨　生きたかりけむ

パンサラッサ

誂へのごとき一つを授けむと汝が名を思ふよろこびありき

吾子の名を検索すれば古海洋 panthalassa の液晶に出づ

三畳紀パンサラッサのわだなかを行きしか魚竜イクチオサウルス

白亜紀の終りのごとしおろしあに凶つ尾を引く隕石が落つ

若きかむなぎ

黒衣いな白衣いづれを選ぶべし異界の見ゆる人に会ふ午後

ユタ、イタコ土着の韻の似合はざる都会派美女が魂呼ばふ人

うつしよと過去世自在に往還すひかりの使徒となるかむなぎは

革命に死にし過去世を告げられて不意の涙の滂沱と流る

千早振るかむなぎに尋く明け暗れの夢に訪ひ来し父の伝言

「なんたてのう」父の口癖そのままに若きかむなぎ言葉を紡ぐ

葛の葉

二〇一三年十月十一日　久津晃氏逝去

ひひらぎの鋸歯鋭くてまたひとり父のやうなるひとを喪ふ

山の井の傍《かた》へ戦げる葛の葉の一生かなしきうらま白なり

黄落を待ちてかがよふ樹々の間をたてがみのある風がゆくなり

Judas

混沌を見よと誘ふごとく子の通学カバン暗く口開く

おまへとのツナガリカタがわからない　毛布の中のアルマジロン・ロン…

母でなき頃のわたしを子は知らず雪はあしたの地表をおほふ

「母殺し」終へたるならむ十四歳げにすなほなる物言ひをせり

われが読み子が読みわれはもう読まぬ『悪の教典』子は飽かず読む

浄土にも雪は降るべしおとうとの遺影のまへにセーターを置く

丹田のめぐりふるふる降る霜の年々歳々ひそか嵩なす

信仰はもたねどなにかおほいなるものに頭を垂る降誕の夜は

凧糸で牛肩ロース締めながら歌へりレディ・ガガのJudas

残生が半生よりも短きを思ひつつ服む葛根湯を

「の」の字からやがて「へ」の字へ　昼深く魔法の絨毯《ホカペ》の上に眠る猫たち

焚き付けの炎たちまち移りゆく背戸に三冬を過ごしし薪に
立ち上がり揺れてよぢれて踊りゐる火のよろこびに躊躇ひあらず

モニカへ

いやべつにああさうだつけ聞いてないそれでいいじやんもう眠いから

制服のカフスに覗くうつすらと光帯びたる自傷の跡は

砂時計天地いくたび返しつつ今さらさらの尽きぬ思ひは

高校へは行かない受験はしないとふ　一月五日朝激震

耐へ耐へて耐へて耐へ抜き耐へかねて雪に折れたるささらなよ竹

むらきもをせり上がり来るせつなさに苦き胃液をまた嘔吐せり

縋らむと電話かけたり「かなしみはみんな地つづき」と詠みしモニカへ

モニカは歌人木畑紀子氏の受洗名。「祈りの母」の意。

痩せたくて痩せたわけではない五キロ薄きこの身を吹く冬の風

可燃ゴミの袋に透きて子の捨てし受験用テキスト背表紙の見ゆ

与へ過ぎ注ぎ過ぎてはいくたびも鉢の薔薇を枯らせりわれは

ともしびに寄るごとく夫に寄りゆけばああこのひとも悲のにほひせり

うるはしき断片あまた貼りつけて時間のブーケのごときアルバム

異端審問

三学期不登校せる子の部屋の机にあかねさす赤チャート

折り合ひの付くところとはどのあたり鶴の胴体折れば思ほゆ

学校に行かぬ子腎臓悪き猫目守りわたしの一月二月

学校に行かぬ以外は異常なし猫にわたしにやさしき少女

学校が嫌ひと言へり　ぎうにうとトマトがきらひとつぶやくやうに

学校に行かぬは罪か教師とふ異端審問官に問ひたり
ブラジリエの「馬」駈け抜けて風立ちぬ心療内科のましろき壁に
受験鬱エグザムフォビア病名を冠せばわかつたつもりになつて

赤きハート

かじかめる指に長文メール打つ『不登校よりそいネット』御中

蠟燭の火を継ぐごとくひとりまたひとり円座のひと語り出づ

『不登校講座』終へればカタルシスすこし感じて二月ゆふぐれ

だいじやうぶ部屋の扉をうすく開け眠るこの子はきつと大丈夫

街中に香は溢れつつ千代八千代チョコは二月の季語となるべし

戦友となりたる夫にチョコを買ふマルコリーニの赤きハートの

さし覗く花舗のガラスの向う側「わらいなさいよ」と水仙が言ふ

学校に行かずともよしたましひを傷つけてまで行かずともよし

パンケーキおまへの好きなパンケーキ　ベリーソースにクリームかけて
花綵を編むと屈みし野のにほひシロツメクサの蜜を垂らせば

蛹の時間

緩びたる四肢をあづけて天翔ける羽《フェザー》とふ名の葦毛の馬に

軽速歩《トロット》の少女過ぎたるのちの馬場小さき春の旋風立ちたり

子の裡にいかなる虫の覚めむとす立春雨水啓蟄過ぎて

三学期不登校せし子が向ふ中学課程修了式へ

眼差を上げて呼名に応へたる吾子よおまへの未来を信ず

ユニクロのジーンズ穿きて十五なる娘は春より予備校へ行く

アドレスを娘の名から猫の名に変へてわたしの四月はじまる

ストライドぐんと伸ばしてスニーカー履いてるやうな四月のひかり

現実がすこし重たい　研ぎ汁に紛れわが手を米零れゆく

「不登校」ウィキペディアには書かれざる　蛹の中のゆたかな時間

ガウス平面

春の陽に銀ひかる街川の海を指したる蛇行うつくし

四十分歩いて予備校通ひせる娘の靴の疲れすこやか

うす紅の唇にソネット　咲き継げる五月の庭のロンサール卿

橄欖《オリーヴ》のさはなる小花うつむけりやまとしまねの梅雨《つ》入りの雨に

梅雨空の破片のごとくわらわらと泰山木は花落したり

夫、子、母、猫の用みな引き受けて遊撃手のごとわれは働く

赤チャート手にごりごりと子が進むガウス平面曠野のごとし

魂入るる仏師のごとくわが少女ヒューマノイドのプログラミングす

ワーズワース

七月の馬場に障害飛ぶ馬の大腰筋が汗にかがよふ

赤き鞭たづさへてゆく厩舎には桂冠詩人の名の馬の待つ

己が身を尾に打ち蠅を幾十度払へる馬の眼小暗し

ぬかるみを避けて常歩《なみあし》軽速歩《けいはやあし》　ごらんワーズワース虹だよ

足下を見るな行方を見よと言ふ子にギャロップを教ふる人が

鞍上に背すぢ伸ばしてボナパルト、チンギス・ハーンの視野を思へり

素数蟬

蟬のこゑ繁き窓辺に立てる子は素数蟬とふ不思議を語る

本能は数理に通じ十七年周期で羽化する蟬現れぬ

十七年まへに撒かれしひとつぶの光る麦ありわが身の裡に

わんわんと蟬のこゑ降るこの国の引きこもる人百万を超ゆ

二〇一四年七月二十六日　佐世保女子高生殺傷事件。

神戸から佐世保へ　十七年蟬の終齢幼虫地中に目覚む

時かけて翅脈に体液めぐらしめ羽化を終へたる蟬飛びゆけり

盆東風

『新世界』流るる平和商店街夕餉の汁の葱買ひにゆく

優曇華のひらくは明日かも知れずかくなる思ひあれば生きむか

盆東風の呼べばかへらむふる年の柞ひともと立つうぶすなへ

あとがき

第一歌集『アパカバール』から、十年が過ぎてしまった。その間、何度か歌集出版も考えたのだが、雑事に追われるばかりの日常を、ただ書き散らしただけの歌をまとめる意味が、どうしても感じられなかった。では、なぜ、今第二歌集出版の運びとなったのか。それには、わが家の事情が大きく関わっている。

今年、一月、高校受験を目前に控えた娘が不登校になった。コミュニケーション能力に若干の問題を抱える彼女は、以前から学校という文化とは折り合いが悪かった。しかし、自分と似たような子が集まる私立高校に進学すれば、自分の居場所を見つけることができるのではないかと考え、受験には前向きなはずだった。もうすぐそれが実現する、そんな矢先の不登校、高校受験拒否という不測の事態に、私の目の前は真っ暗になった。

仕事も、家事すらも手に付かず、短歌もやめようと本気で思った。けれど、この闇の中で、一番苦しんでいるのは娘なのだと気付いたとき、取り敢えず動かなければと思った。様々な機関、組織、人に相談した。そうした一連の動きの中で出会った、同様の苦しみを抱えた人たちとの交流は、何物にも代えがたい光明であった。「子どものため」ということばの裏にある、私自身のエゴや虚栄に気付かせてもらえたのは何にもましてありがたかった。高校進学しないことをまずいと思うのは私たち親をはじめ、周囲の人間の思うことで、娘本人は、またあの窮屈な組織に詰め込まれ、窒息しそうになることに恐怖を感じている。我慢に我慢を重ねて、ついに不登校になった娘に、これ以上何を頑張れというのか。――「もういいから。」ベッドで眠る娘に何度も詫びた。

登校干渉をせず、眠りたいだけ眠らせ、一緒に料理をしたり、DVDを見たり、買い物に行ったり、乗馬をしたり、そんな日々を送っているうちに、娘は徐々に元気を取り戻していった。受験用テキストを可燃ゴミに出したり、過去の成績表を破いて捨てたり、自分なりに決着をつけようとしているようだった。

二月になった頃、夕食をとりながら、今後について、娘が話しはじめた。高校には行かないが、大学には行きたいこと。物理関係の学部を受験し、できれば研究職に就きたいこと。そのためには、大手予備校の高認コースに入り、高認資格を取った後、大学受験コースに参加して準備をしておきたいことなどを具体的に語ってくれた。この進路については、夫も私も考えていたことだったが、娘が自分で調べて、相談してくれたのは、本当にうれしかった。四月、希望する予備校の高認コースに入り、以来年齢、経歴も様々で個性的な生徒の中で、月〜土、毎日九十分四コマのスケジュールをこなしている。不登校生の面影はそこにはない。八月初旬の高認試験で、五教科八科目の合格を果たし、高卒資格を得た今は、大学受験に向けてマイペースで準備をすすめている。

娘の抱える問題が、百パーセント解決したとは思っていない。今後、またどういう形で不適応を起こすのか、絶えず不安はある。けれど、今回の事態は私に大きな安堵をもたらしてくれた。私はずっと、自分の母性に不安を抱いていたのだ。私が愛しているのは、可愛くて賢くて、みんなに自慢できる娘なのではないか、この子が壊れてしまったら、私はこの子を愛せなくなってしまうのではないか。けれど、ボロボロに疲れてただ木偶のように眠る、目の前の娘を、私は命に代えて守りたいと願った。現実に真向い、事態をなんとか乗り越え得たことで、ようやく、私は自身の、娘への愛情を確信できたように思う。今回の娘の不適応は、私の中に長年くすぶっていた不安感が引き起こしたものだったのかもしれない。しかし、今後、また何か起こったとしても、きっと解決策はある。今はそう信じている。

歌集後半、今回の件に関わる歌が連なる。こころがどうしてもそこから離れなかった。出版に際して、娘の個人的な事情を、公にしてしまうことへの迷いが大きかった。けれど彼女は一言、「いいよ。」と言った。事実だし、知ってもらいたいこともあるからと。その勇気をありがたいと思う。

本歌集『王の夢』には、四二七首を収録した。十年間の作品なので、平均すると一年あたり四十二、三首を収めていることになる。しかし、実際は前述のような事情のため、今年に入ってから約半年の間の作品が六十首を超え、その分、古い作品を割愛した。師や父、義母、義弟、義姉、友人……など大切な人々との訣れを十分な挽歌として残せなかったことをお詫びしたい。

歌集名は、

　　円墳のごとき十三歳の胸古代の王の夢眠らしむ

から採った。十三歳の頃には知らなかった悲しみや苦しみを味わった娘の胸には、変らず、いや、それ以上の大きな夢が、実現される時を待って横たわっている。この夢に向かって歩を進める娘を見守ること、私にできるのはそれだけである。

出版にあたって、万事手際良く進めて下さった、本阿弥書店の奥田洋子さま、池永由美子さま、深く感謝いたします。

先の見えない日々に、曙光を下さった敬愛する先輩、木畑紀子さま、そして、足下のおぼつかない私の歩幅に合わせて、ともに歩んで下さった福岡の『不登校よりそいネット』の長阿彌幹生代表はじめ、会員のみなさま、ありがとうございました。

まさに十年一日、一向に歌境の深まりを見せることのない私を大きなこころでご容教下さるコスモス短歌会、そして「桟橋」同人のみなさま、森重香代子先生はじめ「香臈人」のみなさま、また地元福岡歌壇でお世話になっているみなさま、ご心配、ご迷惑をおかけしてしまい、申し訳ございませんでした。
最後に、一番辛いときを支え合い、乗り越えた同志である夫、伴雅弘にこころよりの感謝を捧げます。

藤野早苗

二〇一四年九月

著者略歴

藤野早苗（ふじの　さなえ）

1962年　山口県生まれ
1985年　山口大学人文学部卒
1991年　「コスモス」入会
1994年　「棧橋」同人
1998年　第44回O先生賞受賞
2002年　第39回桐の花賞受賞
2004年　歌集『アパカバール』刊行
〃　　第51回コスモス賞受賞

コスモス叢書第一〇七〇篇

歌集　王《わう》の夢《ゆめ》

二〇一四年十一月二十日　発行

著　者　藤野　早苗
〒八一五―〇〇七一
福岡県福岡市南区平和一―二一―四〇―一一三　伴方

発行者　本阿弥秀雄

発行所　本《ほん》阿《あ》弥《み》書店
東京都千代田区猿楽町二―一―八
三恵ビル　〒一〇一―〇〇六四
電話　〇三(三二九四)七〇六八

印　刷　日本ハイコム＋宣広社

製　本　ブロケード

定　価　二七〇〇円（税別）

ISBN 978-4-7768-1141-1 C0092（2861）